# The GREAT and MIGHTY NIKKO!

## A BILINGUAL COUNTING BOOK

WRITTEN AND ILLUSTRATED BY XAVIER GARZA

STOP WRESTLING ON
THE BED, NIKKO!
NIKKO, ¡DEJA DE LUCHAR
EN LA CAMA!

IT'S NOT ME, MOM. IT'S THE LUCHADORES WHO ARE WRESTLING ON MY BED.
NO SOY YO, MAMÁ. LOS LUCHADORES SON LOS QUE LUCHAN EN MI CAMA.

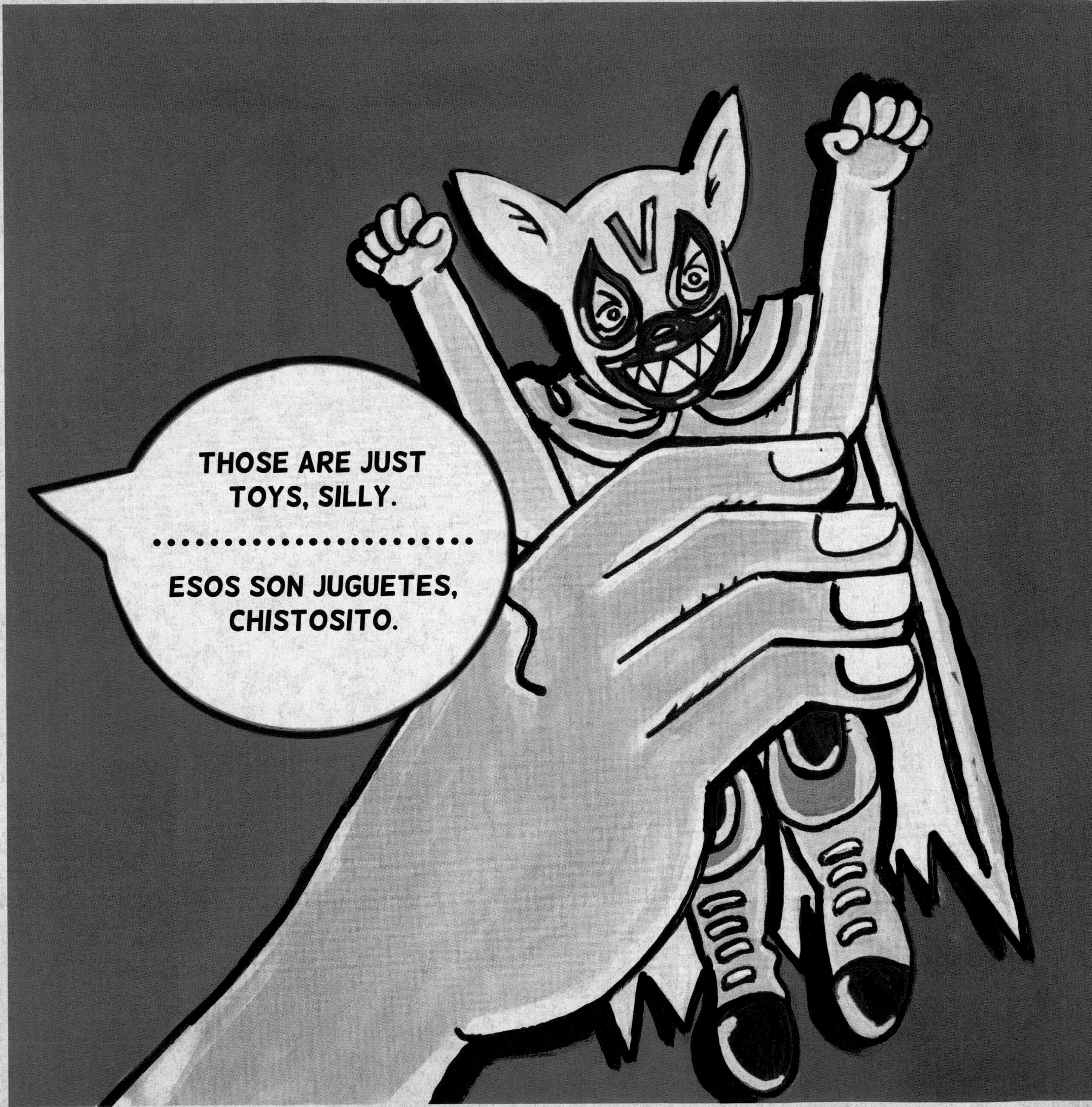
THOSE ARE JUST TOYS, SILLY.
ESOS SON JUGUETES, CHISTOSITO.

BUT IT'S TRUE. THEY'VE TURNED MY BED INTO A LUCHA LIBRE RING!
ES VERDAD. ¡HAN CONVERTIDO MI CAMA EN UN RING DE LUCHA LIBRE!

LOOK, MOM, THERE'S A LUCHADOR WRESTLING ON MY BED. ONE!
MIRA, MAMÁ, HAY UN LUCHADOR LUCHANDO EN MI CAMA. ¡UNO!
1

2

MOM, NOW THERE ARE TWO LUCHADORES WRESTLING ON MY BED.
MAMÁ, AHORA HAY DOS LUCHADORES LUCHANDO EN MI CAMA.

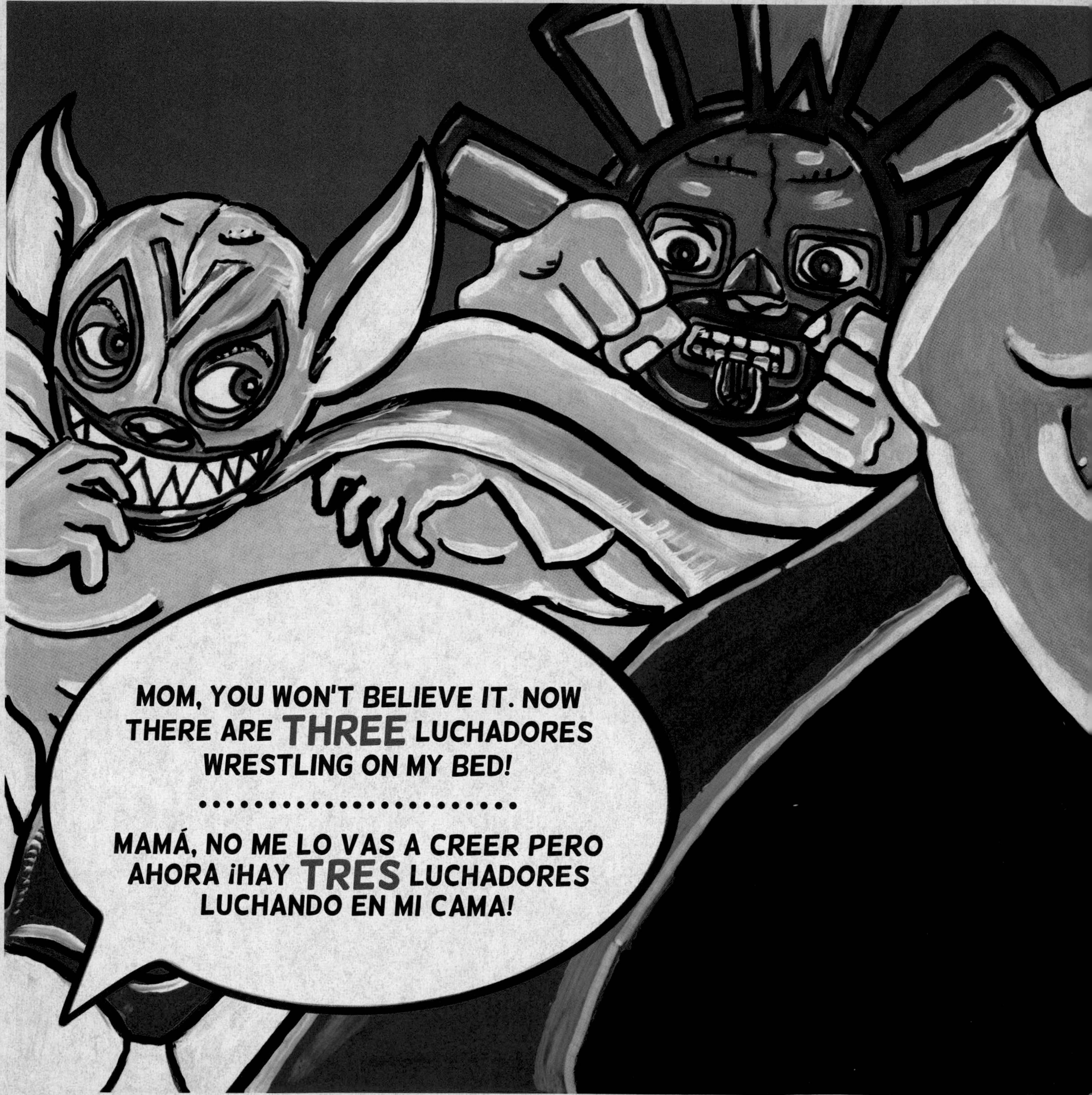
MOM, YOU WON'T BELIEVE IT. NOW THERE ARE THREE LUCHADORES WRESTLING ON MY BED!
••••••••••••••••••••••
MAMÁ, NO ME LO VAS A CREER PERO AHORA ¡HAY TRES LUCHADORES LUCHANDO EN MI CAMA!

3

GROWL!
NOW THERE ARE FOUR LUCHADORES. COME AND LOOK!
AHORA HAY CUATRO LUCHADORES. ¡VEN A VER!

4

5

HELP! NOW THERE ARE FIVE LUCHADORES WRESTLING ON MY BED.
¡AUXILIO! AHORA HAY CINCO LUCHADORES LUCHANDO EN MI CAMA.

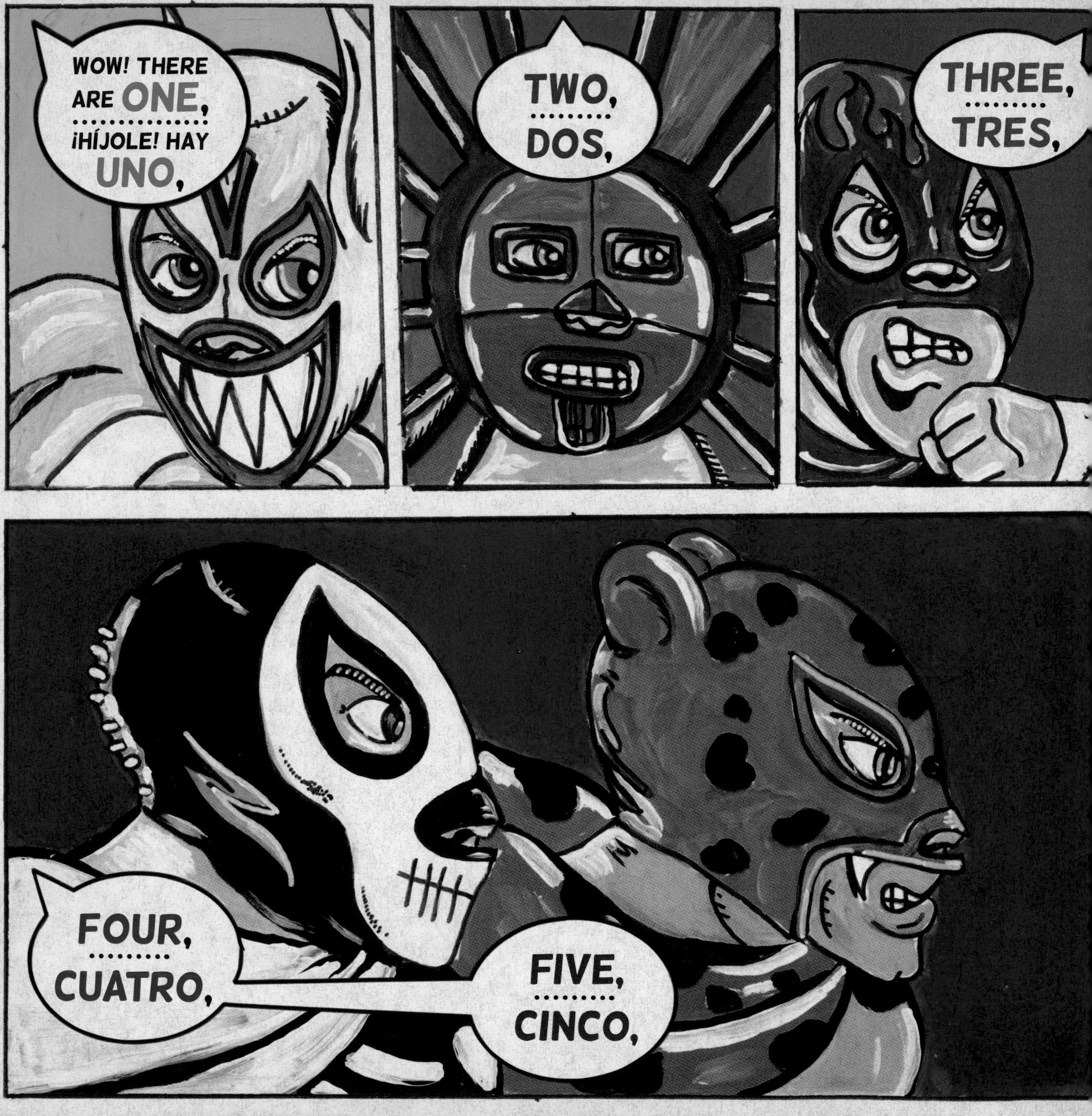
WOW! THERE ARE ONE, ¡HÍJOLE! HAY UNO,
TWO, DOS,
THREE, TRES,
FOUR, CUATRO,
FIVE, CINCO,

ROAR!
SIX LUCHADORES WRESTLING ON MY BED!
¡SEIS LUCHADORES LUCHANDO EN MI CAMA!
6

7
MOM! NOW THERE ARE SEVEN LUCHADORES.
¡MAMÁ! AHORA HAY SIETE LUCHADORES.

OH NO! I CAN'T COUNT THEM ANY MORE, BUT I THINK THERE ARE EIGHT LUCHADORES.
¡OH NO! YA NO PUEDO CONTARLOS, PERO CREO QUE HAY OCHO LUCHADORES.
KEEYAH!

8

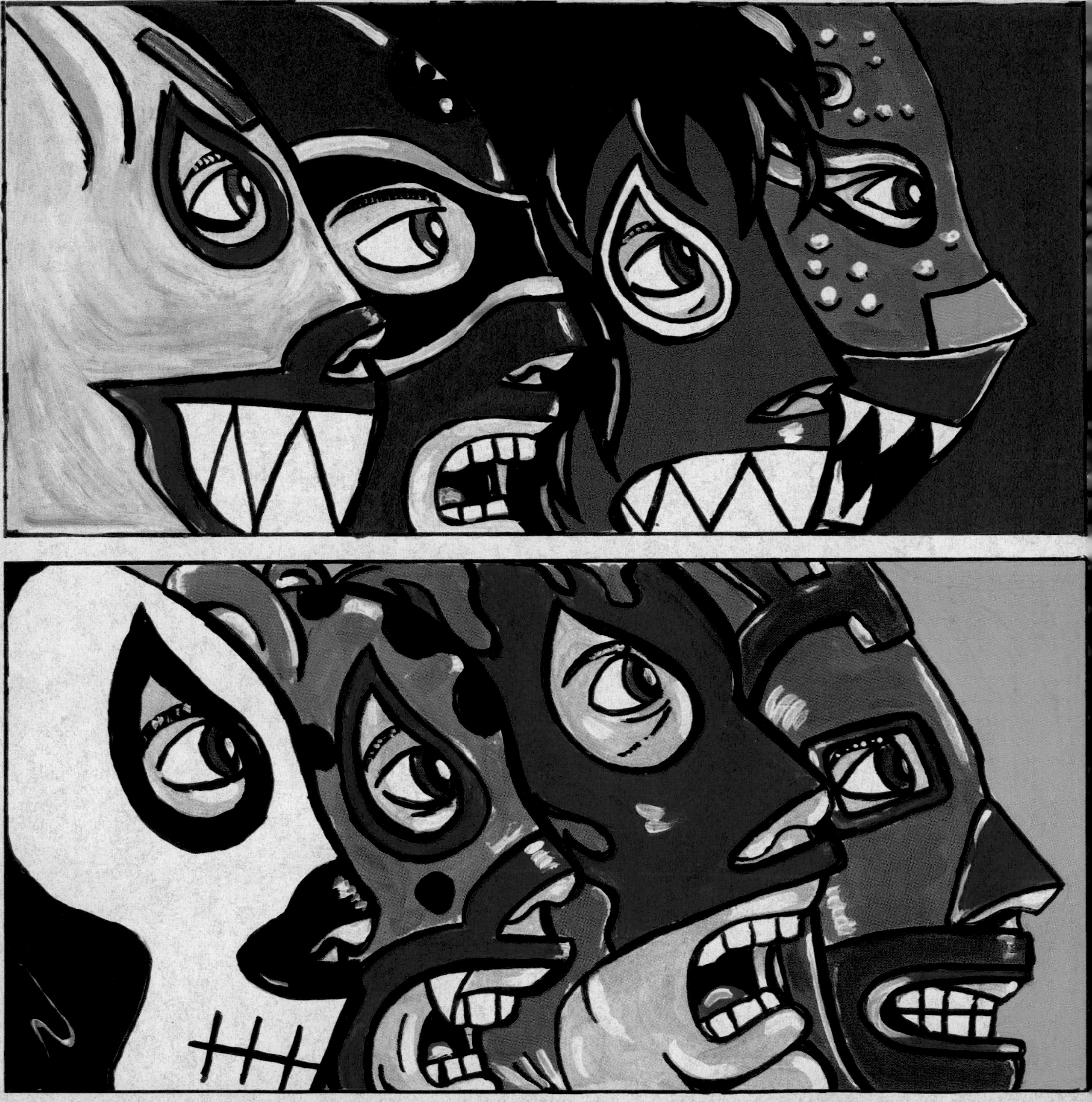

MOM, MOM! THERE ARE NINE LUCHADORES ON MY BED!
¡MAMÁ, MAMÁ! ¡AHORA HAY NUEVE LUCHADORES EN MI CAMA!

I'LL HAVE TO STOP THESE GUYS MYSELF.
TENDRÉ QUE DETENER A ESTOS TIPOS YO MISMO.

I'M THE GREAT AND MIGHTY NIKKO! NOW THERE ARE TEN LUCHADORES STANDING ON MY BED!
¡SOY EL GRAN Y PODEROSO NIKKO! ¡AHORA HAY DIEZ LUCHADORES PARADOS EN MI CAMA!
N
10

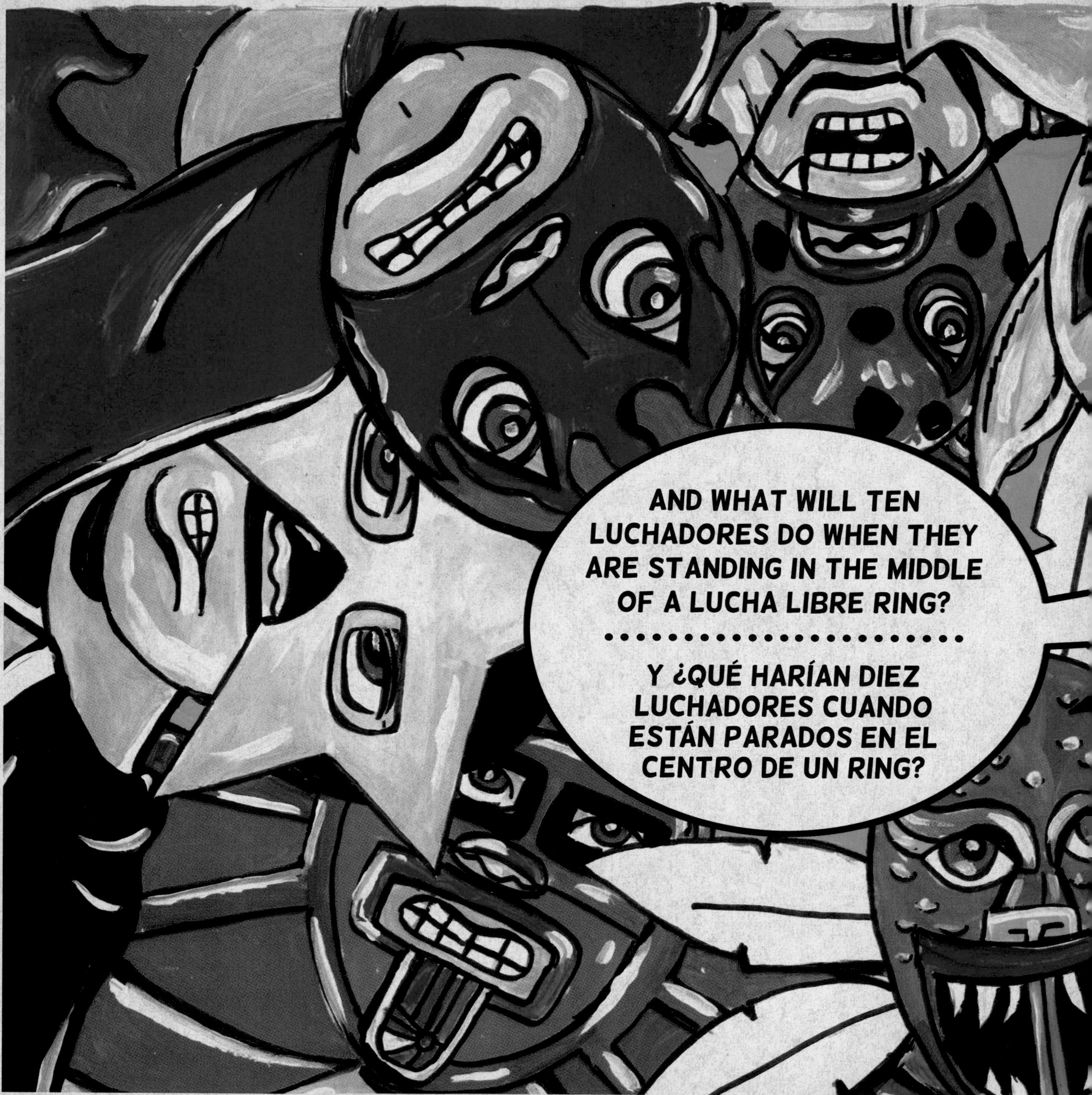
AND WHAT WILL TEN LUCHADORES DO WHEN THEY ARE STANDING IN THE MIDDLE OF A LUCHA LIBRE RING?
Y ¿QUÉ HARÍAN DIEZ LUCHADORES CUANDO ESTÁN PARADOS EN EL CENTRO DE UN RING?

WRESTLE!!!
¡¡¡LUCHAR!!!

IT'S NINE AGAINST ONE!
••••••••••••••••••••
¡SON NUEVE CONTRA UNO!

THE GREAT AND MIGHTY NIKKO DEFEATS THEM ALL!
¡EL GRAN Y PODEROSO NIKKO LOS VENCIÓ A TODOS!

NIKKO! I TOLD YOU TO STOP WRESTLING ON YOUR BED!
¡NIKKO! ¡YA TE DIJE QUE DEJES DE LUCHAR EN TU CAMA!
ZZZZZZ
EVEN THE KING OF LUCHA LIBRE HAS TO SLEEP ONCE IN AWHILE.
HASTA EL REY DE LUCHA LIBRE TIENE QUE DORMIR DE VEZ EN CUANDO.